以後
Après

你永遠 不 知道
以後 的 事
以後 的 故事
將會生成如何的模樣……

那些閃電指向你

林婉瑜

國家圖書館出版品預行編目資料

那些閃電指向你 / 林婉瑜作 . -- 三版 . --
臺北市 : 洪範 , 2018.02
面 ;　公分 . --（以後 Apres ; 12）
ISBN 978-957-674-347-4（平裝）

851.486

107000900

以後　Après　12

那些閃電指向你

作　　者　林婉瑜
編　　輯　葉雲平
內頁排版　陳天授
封面視覺　霧室

出 版 者　洪範書店有限公司
台灣 台北市廈門街 113 巷 17 之 1 號 2 樓
電話（T）886-2-23657577　23686790
傳真（F）886-2-23683001
郵撥　01074020
hung-fan@yahoo.com.tw
行政院新聞局局版臺業字第 1425 號
法律顧問　陳長文　蕭雄淋
印　　刷　通南彩色印刷有限公司
初　　版　2014 年 8 月
三　　版　2018 年 2 月
定價 320 元
ISBN　978-957-674-347-4

目次

輯一

輯二

輯三

輯四

附錄

輯一

就是那時候

不要在我很疲憊的時候
不要在我沮喪的時候
不要在我憤怒的時候
不要在我墜落的時候
不要在影子變淡的時候
不要在葉子褪色的時候
不要在火焰熄滅的時候

我們是會見面
我們是會相愛
某一個季節
某一天
某個地點
那時悲傷的故事已經說完
最後一片雪已落下來
憂愁的歌沉默
閃電撤退了
雷聲沙啞了
烏雲識趣地飄走
就是那時候
就是那時候
我們可以相愛了

相遇的時候

一定比海洋還大的啊這人生
坐著各自的小船
也許下一秒就會
出現
在彼此的視野
由遠到近
由小變大
終於遇見
終於相聚

於是可以一起觀測一下星星
於是可以一起曬一下上午的太陽
於是可以一起追蹤海豚和鯊魚
在大浪
把我們分開以前

在大浪
把我們分開以前

也許以後
不會再見面了
相遇的時候
做彼此生命中的好人

瞬間的愛情感覺

瞬間的愛情感覺
像稍縱即逝的閃電
它並不真的落到地面
只是輕微一閃
照亮了
一秒鐘的天空
當你意識到了
抬頭看雲
雲仍灰黑沉重

但你確實知道
剛才曾發生什麼

真正的愛情
應該快樂
如仰躺於四月的草地
不要留戀那個
喜歡看你哭泣的人

你就是那件快樂的事

總有這樣的日子
一早醒來
感覺烏雲層層逼近
這樣的日子
必須想想快樂的事

想一想你
想一想你吧
你就是那件快樂的事

你的名字

「愛」　不能隨意說的
筆畫太多
太沉重

「恨」　不能隨意說的
以「心」為部首
凡與心有涉
都必須謹慎

「心」　抽象的
心之所欲
心要到哪裡去？

我用HB鉛筆
劃過這些字眼
字像一座飽滿　膨脹的海洋
湧入
我的心智
我請求它們片刻安靜
空氣卻全體躁動起來

你的名字
不能隨意說的

我偷偷告訴（路邊遇見的）一隻雲雀
雲雀把它化作一聲
溫柔的鳥鳴

雨的身世

雨
無預警地下了
落在賓士車那滴
並不因此成為尊貴的雨
落在水溝那滴不因此成為
卑賤的雨
形狀大小相仿的雨滴有
殊異的身世——
有一顆雨前世是晨霧
有一顆雨前世是海水

它們重擊地面
摔碎自己
為了反映我和我的傘
恍惚的影子
在低窪處鋪成一面晃動的鏡子
避雨者快步跑過
凌亂踩碎
雨的鏡面

隔日蒸發
回到天空的雨
有時想起　地表的經歷——
屋瓦的阻力
葉片的撞擊

順著傘面滑下的弧度
以及風……

風明明只是
無事路經
卻輕易傾斜了
雨的線條

一個多情的好人

沒有我的觀看
今晚的夜色該怎麼辦？

沒有我的詩
在路口等待的鷦鷯該怎麼辦？

沒有我的愛
他該怎麼辦？

快要天亮了鵪鶉飛走了他跑去睡覺了
全世界只剩下我
一個多情的好人

完整

星巴克的大杯熱可可
一次
只喝一口
快喝完的時候
就是
一日將盡的時候

加滿油
上快速道路

一個人沉默地加速
我只是需要這樣的時間
需要
這樣的路線
如果想唱歌
就可以唱
沒人指指點點

內側車道
時速一百
一天中最勇敢的時刻
有一些事
需要安靜想想
有些決心

需要鬆一鬆包裝上的緞帶
才能打開

這盲目旅程的最後
也許會抵達秋天的背面
也許抵達
逆風站立的草原

我們無法完全
對世界坦露自己
但那些沒說出口的部分
才使我們完整
那些沒有目的的出發
才是最好的行程

世界的孩子

秋天的第一片落葉
是怎樣拋棄了自己的生命去親吻土地
濕氣裡的種子
以為自己是在溫暖泥土裡而努力發芽

我也是被愛的
被整個世界所愛
被日光所愛
被層層襲來的海浪所愛

被柔軟適合躺臥的草地所愛
被月光以白色羽絨的方式寵愛
被夏夜晚風這樣吹襲
幾乎要躺在風的背面一起旅行

雖然經常
孤獨的哼歌給自己聽
我是世界的孩子
有人喜愛的孩子

不會告訴你

正正經經地活著
是一種必要
有時很想笑的時候
必須忍著
很想愛的時候
也必須忍著

一起到深夜的街上散步吧
踢一踢

寂寞的落葉
我曾在不打烊的書店
整夜讀著詩集
錯過最後的捷運
在書店角落
睡到天亮
我曾和同學闖進將打烊的Pub
只為了跳最後十五分鐘的舞
我曾喝完一整杯長島冰茶
在腦中種下鉛塊

我是一個幼稚的人
為那隻叫做「怎麼樣」的貓的死
摺了一千隻天鵝（是天鵝不是紙鶴）

我曾經作弊
但那是很久以前的事了
我寫了一首詩
給九月

我曾任性蹺課摸黑夜遊
讓教官討厭
我曾鬆手送給天空一把氣球
天空回報我　以一場大雨
我曾種下金盞菊的種子
長出
只有我一人見到的曇花
種下虛無
長出　不受豢養的鴿子

這些
我都不會告訴你

猶豫的應該處決

蟬聲揚起
進入夏季第一日

整理心事
所有猶豫的　應該處決
懸而未決的
應該歸位

就這樣做出決定——
與你之間
只能是愛情

抱抱

「抱抱。」
只有我們的時候
這樣對你說

凶悍的日常
好像不需要擁抱
在你身邊
又恢復軟弱

我只是想起了
被夷為平地的老家
聯考後無事晃蕩的暑假
每天下午
騎單車去很遠的地方
想起我沒帶你去過的堤防
我曾和某人在那裡放風箏、玩水

我只是想起了
永遠不再回到我身邊的朋友
和永遠
永遠
不再回到我身邊的親人

「抱抱。」「抱抱。」
你不知道這些
可是你
給我一個擁抱

雨天散步

散步經過雨後的草地
感覺自己心的浮動
如草葉掛滿雨水
而搖晃
低垂

坐長椅上的戀人
細聲交換一些話語
無論看著湖中的錦鯉

或者
看著湖面上的垃圾
臉上浮現的　是同一種傻笑
這就是愛情

迎面而來
許多生命
有人養育的　幸福的威風凜凜的狗
無人照料滄桑的　以草地為家的狗
此刻都在慢跑
經過我的身旁

收束雨傘
抖落上面的雨滴

雨天撐傘
晴日曬傘
重複之間
就是生活

雨又
細細的下了起來
整樹粉紅色的羊蹄甲在雨中歡欣
排隊溜滑梯的小孩
在滑梯下等待雨停
這就是生命

我想浪費

我想把最後一首歌唱完
我想把手中的許願幣用完
我想浪費所有的夜晚

不是約好

不是約好要把世上所有百無聊賴的事都做完？
不是約好要把世上所有有趣的事都做完？
你提早離開
變成
一個無聊的人
下雨天
梳著油頭腋下挾著財經版
在公車站
沉默的和路人一起
進行面目模糊的等待

那麼
天一黑我就必須回家了
到了晚上我會迷路
到了晚上就會迷路的人
是另一種「夜盲」……

不是要帶我在夜晚的城市閒蕩？
城市還在
夜晚還在
閒蕩還在
你提早離開
那麼
一到夜晚
我就要回家了

失去你會迷路
是另一種夜盲

香杉的告白

印在隔壁冷杉木上
的那片冬日陽光
請和我交往吧
偶爾
也到我的身旁

每天都垂掛在樹枝末端
的那顆星星
請跟我交往吧

和我對視
用　水銀的眼睛

獨自飄到山谷中
落單的氣球
請跟我交往吧
告訴我
一路上看到什麼

橫跨瀑布的那道
迷你彩虹
請跟我交往吧
我的臉上
也有羞怯的緋紅色

我獨自看這寂靜的山谷
已有一千年
投入溪水的落葉
是我　寫給鯛魚的情詩
一葉
一字
落入草地的細枝
一行一行是我
寄給貓兒菊的情信

最飽滿的露珠、漫天花絮
請跟我交往吧
覆滿我的軀幹我的枝椏我的髮
那麼

在這三千公尺以上的海拔
我　將不再孤單了

我決定愛你

一滴水被簇擁、推擠
即將進入海洋的時刻
我
決定愛你

黃葉在秋天樹梢危顫顫
努力撐住自己的時候
我　決定愛你

一隻螞蟻的觸鬚碰
到另一隻螞蟻的瞬間
我決定愛你

嬰兒說出第一句人類話語的時候
漉濕小狗吹乾毛髮再度蓬鬆像獅子的時候
我決定愛你

全部顏色打翻混在一起變成黑色的時候
全部的生活打翻混在一起變成漩渦的時候
我決定愛你決定
把手心的熱貼上你的髮
唇的顏色
留在你頸後

晨霧聚攏使城市模糊的時候
風吹開晨霧使日景清晰的時刻
我決定愛你
天空變成詭異橘色的颱風前夕
我決定愛你

暴雨把城市變成水族箱的時刻
勇往直前的超級瑪利救到公主的時候
壞掉的人被修好
痛哭的人可以笑的時刻
我決定
我決定

等那些時間過去

很多時候
我們所做的
只是在等那些時間過去

等那些時間過去
花就會開了
天就要亮了
哭喪的臉笑了
失散的氣球重新回到手心

知道你在未來的某個日子等我
我就願意了
願意等那些時間過去
願意漂流在時間的河上
靜靜的
靜靜的數算天光

最好的旅程

我一直相信
我所擁有的東西
都是最好的
最好的小孩、最好的朋友、最好的戀人……
所以這也是最好的早晨
所以這也是最好的旅程

一筆一畫

我們在時間裡老去
現在的我
比你一開始認識的那人
衰老些

不復年輕的我
仍然喜歡
與你相擁入眠的夜晚
喜歡某時刻你臉上疲憊的線條

釋放後，全然鬆懈的神態
你的下巴抵住我的肩
鬍渣摩擦肩線
聞你的髮
把鼻子埋入體味菸味混雜的髮間……

你也老了
短髮，有些白
額頭描繪一筆一畫的心事
比我一開始認識的那人
滄桑些
晚歸的夜晚
你停車，上樓
腳步聲關門聲咳嗽聲，是我熟悉的

我在黑暗中聆聽
一步一步
彷彿從前的笑聲與美好
也朝我走來

時間走過
許多事改變
我們和當年那個人不一樣
我們的愛情
比時間年輕一些
和我們年輕時祈求的一樣

狀態

不想對話的時候
就關掉視窗
資訊時代
不就是這樣
簡單俐落

關掉想你的視窗
關掉想你的視窗
總是無法關上

所謂「想念」
就是一種
永恆當機的狀態

無賴

愛的時候
像個無賴
賴在你身上不走開
道別時黏黏膩膩挨挨蹭蹭
路人看了都厭煩

我們是喝醉的
把世界撞得頭暈眼花
有一些啾咪的星星

我們是爛醉的
把平庸看成美麗
老實看成帥氣

愛的時候
像個無賴
賴著愛
不准走開

輯二

十七歲

——喜劇

十七歲的你剛剛理了平頭
十七歲的我
白制服深藍裙子有洗衣皂的味道

當時看過什麼電影？
如今一部都想不起來
只記得我和你
我們兩人
演出的電影

我想
那是一齣喜劇

十七歲

——眼睛

後來我又看到那雙眼睛
發現那雙眼睛
跟蹤那雙眼睛
經過了烤鳥蛋、套圈圈、撈小魚的攤位
停在
十元雜貨攤子前

啊，是你……
變胖
攬著戀人肩膀的你

我還是大聲的
毫不考慮的
叫出了你的名字
在　十元雜貨攤子前
烤鳥蛋、套圈圈、撈小魚攤位旁邊
是我
對，就是我

你笑了
一個
比較胖的笑
說話的音調由十七歲的中提琴
降為三十歲的大提琴
我的笑容是否比十七歲時更橘？
更藍？

在撩亂的夜市
與你告別
在烤魷魚的煙霧繚繞中與你告別
與十七歲告別
再見
再見

十七歲

——到此一遊

在斑駁的牆面
寫下我的名字

在沉甸甸的石頭上
寫下我的名字

在粗糙的
樹的皮膚
刻下我的名字
（證明我曾經來過）

在十七歲的你
的心底
寫下：「到此一遊」

（確實）
（來過）

無法消滅

散步的時候
想到某人
花八分鐘消滅這個念頭

澆花的時候
想到某人
花八分鐘消滅這個念頭

騎腳踏車的時候
想到某人
花八分鐘消滅這個念頭

腳踏車落鏈的時候
又想到那人
花八分鐘消滅這個念頭

整個白天整個黑夜
那人的影像
層出不窮
把他消滅把他消滅
是全宇宙最艱難的打地鼠遊戲

無法消滅
無法消滅
是所謂暗戀

荒謬

無論我美麗或狼狽
你溫柔不曾改變
無論我笑著哭著
你在我身邊
無論我是對是錯
你袒護我
無論我狂喜或暴怒
你安靜承受

這一切豈不荒謬？
我是如此愛著荒謬的
不夠聰明的你

所謂決心

到這裡
就不選其他的路了
就一起
走完這張地圖

一起前進
一起坐下休息
一起探險
一起淋雨
一起發燒

一起迷路找北極星
一起跋涉過河
一起播下春天的種子
曬夏天的太陽
一起收穫秋天的果實
一起看第一場雪
一起掃雪一起過冬一起冬眠
一起
順利地變老……

到這裡
就不選其他的路了
一起走完這張地圖
決定了
事情就這樣決定了

親愛

風和葉脈的摩擦
樹枝對鯉魚旗說話
魚和海的親愛
海豚躍起的姿態
我在一切之中
在一切之中
目睹他們的美

閃電和野草摩擦
雷聲對山谷講話
芒草梳理雲朵
光和影子親愛
他們相互眷戀
他們無法離開

我感覺飢餓
有什麼從未獲得
我在一切之中
在一切之中
目睹他們的美
人間所有
正彼此相愛
他們用力地活
他們輕緩地說

也想和其他人一樣

也想和其他人一樣
從夜市撈回好多小魚
也想和其他人一樣
兩雙腳步一起探險
也想和其他人一樣
提袋裡好多草莓

也想和其他人一樣
抱著笑著靠著
夜空永掛微笑的弦月

生命中大多數時刻
站著看著駝著背
羨慕別人

讀詩
發現詩中的我過分溫柔
……頹然跌坐在地
太溫柔的人是太辛苦的
也想和其他人一樣
有一個直達宇宙深處的吻

泳

告訴你一個祕密
我想掙脫所有束縛
朝你游去
用自由式規律、穩定的姿態
或仰式面對天空
順便說服雲擺脫風的桎梏
一起去找你

成為什麼樣子了？
記憶中你是魚
隨心所欲撥動水流海浪，到任何地方
負載另一個人是否拖延你進度，耽誤你去向？
記得你說，用精準角度把手切入水中
劃開兩個世界像紅海，就能出現一條順遂的路
往心之所欲
我該站在被你切開的海的哪一邊？
學你伸手推水，對抗隱形巨大阻力，使身體前進
困窘時側臉攫取一段飽滿空氣
再回水裡小心適切的
把哀愁二氧化碳
吐給海
如此重複再重複（能到你身邊嗎）

或不再用力了
身體放空交付水面
相信它會撐起我托住我
如一厚實富張力之手掌，引我前行
仰躺的我像一張浮萍安靜祕密地移動
經過許多風景、故事、暗礁伏流（就要到達嗎）
我已觀察一下午
雲的遷徙
和天色飽滿度的改變
從水彩淡然到油畫厚重
太陽棄守天空隱遁山後
隱約
第一顆星的輪廓從層層墨黑中顯出
轉為清晰，轉為透明（就要抵達嗎）

用你教導的方法
朝你游去
我以為已征服一座山、一座城的距離
（實際上只停留原地）
水是冰冷的
和我體溫一樣
我因為感覺不到引力而自由、而快樂
那瞬間
忘記了自己是不會游泳的

模糊的人

我是一個模糊的人
這樣那樣這些那些
好像都一樣啊……

一個模糊的人
搞不懂現在
該談話還是告別
該走開還是留下（差不多吧）

你是一個清楚的人
你清楚　一切的事
你問我：
什麼時候一起去看櫻花做成的海
（停止櫻花的等待）
什麼時候一起散步那條長長的海岸
什麼時候我們相愛？

當我想及愛情

過了很久
還是有人問我：「愛情是什麼？」
愛情是一綹剛被撫摸過
隨手溫改變曲度的髮

是一封不敢再讀、不敢刪除的信
是畫，畫中的眼睛注視我，無論我走到哪
是遠處的音樂
當我走去，四周轉為無聲

是無法完成，被懸置的一首詩
愛情是，在別人的溫度裡
被你的溫度溫暖
是看見落葉知道季節變換
看見彩虹
知道雨

愛情是一滴仰躺時
流經耳廓
最後
消失於髮際的淚

當我想及愛情
當我想到你

醒時需要愛你

想模仿紅色與藍色
但都失敗了的紫色
非常之哀怨躺在那裡
喬裝神祕
索取同情

我擁有一件紫色大衣
穿上時會預感暴雨的降臨
大雨時我穿它步行

當路人開始小跑
我的胸間
保守暖意

戰爭時我們彼此掩護
平靜時我們飲酒與貪歡
我感到暈眩但沒有說出
我感到飄浮但沒有說出
第一次遇見以前
我完成了那些
與愛無關的瑣事

不願留著短髮
這樣　太像你

你靠得太近
這樣
太幸福了
簡易的道理
天冷時需要穿衣與擁抱
醒時需要愛你

雪降

可能愛來的時候我們全體已經老了

我坐在暖爐旁
織好足夠整個冬季的毛衣與襪套
等待著有一天有
一名郵務士
前來按鈴把它們取走

那將會投遞到哪個受凍屋舍是否
有孤單暗影走出應門
我無法得知
但是
請務必穿上它們
當細雪降落
無聲

閃電

下雨天寫
簡短的情詩
它們是清晰銀白閃電
一道一道出發——
一首摧毀發呆的行道樹
一首
誤觸廢棄鐘塔
幸好有一首順利抵達
你的額間

記住我

登入臉書時
輸入帳號、密碼
接著
在「記住我」的那個空格　打勾
保持登入狀態
如此
不用一再登入

去你的心的途徑
也是這樣：
輸入我的帳號和你給的密碼
接著
在「記住我」的空格裡　打勾
以後就擁有
通往你心的捷徑
不用一再登入

這個世界的愛情

追逐，跟蹤，再追逐
風總是用這種手段
追求那群落葉
（葉子飛起
給予窸窸窣窣的回應）

等待，再等待
假裝　平靜
湖面渴望一圈兩圈三圈漣漪

雖然它總
不說什麼
（打水漂的孩子來了）

應該還有些什麼
好像會發生些什麼
早晨的兔子細細碎碎地吃草
垂下溫馴灰藍色耳朵
是什麼使牠停下動作
抬起頭？

啊
糖果的甜
撒嬌的眼淚

大王椰子的葉片是溫柔
捕手
接住時亮時暗的螢火
鞦韆來回
像一張暖的搖籃
拉鋸風
裝滿　樹影
全部……
全部……
這個世界的愛情

占有

天空中
拖著長尾巴的風箏
是我的
飽滿得像蛋黃的橘色夕陽
是我的

邊開車邊用眼角餘光
瀏覽天空
因為雲的色彩　雲的蓬鬆偷偷感動

可夕陽漸漸低沉
要沒入遠方屋子的背面
可風箏漸漸低沉
像不甘願的流星搖擺
終於
墜落
幸好

幸好即將顯影的月亮
和即將清晰的　霧淡淡的星星
也都是我的

那些閃電指向你

那些閃電指向你
星星最明亮的一面向你
瘋狂的雷聲指向你

怎能期待一座城市有雨
有烏雲
同時又有星？

積水的路面上
開車像划船
顯然安全島並不是岸
整個夏天最乾淨的一刻
艱難的一刻
持續前進
知道雨日的星星
藏在你手中

避雷

天空緊蹙的眉間
十七道閃電蓄勢出發
舊有的星星被收回
鷺鷥
飛回風景畫

霧……
躲回詩裡
蝴蝶退縮成蛹

此刻城市
全讓給暴雨

在積水路面左右閃躲
不想被宇宙任何一道惡劣的念頭擊中
無聲跋涉
因你還在某一屋簷下
等我帶來
懷中日光

天牛

一

你攤開手心對我說：
「這隻天牛受傷了，
我抓牠，牠卻無法振翅飛走……。」
我，也一樣
即使想這麼做
卻失去離開你的能力

二

「到底愛我不愛？」
打電話問你就能明白的問題
我卻坐在這裡
等塔羅牌給我答案

輯三

動物園分手短劇

啊是春天
求偶季節
張開最豔麗的羽毛跳求偶舞直到昏厥昏厥
是春天
該百花盛放
空中布滿等待降落的花粉
霜淇淋正融化

不要說那句
話
我正看犀牛午睡長頸鹿晃晃悠悠

噴水池旁的分手短劇

真是這樣嗎?!
頹然倒下在
花園噴水池
小魚成群結隊撥開水草
游來
⋯⋯嘲笑我

在水霧築起的小型彩虹中
目睹你
步出草地

自強號車廂分手短劇

我知道你將從另個車廂
走來
沒錯我就是你要糾舉的
那個
騙子
沒有票
卻硬擠進車廂

找到我
打我手心吧！
把我推落平交道
說我不配
沒有
愛的資格

全都是我

什麼都不能做
坐在這裡寫詩
坐在這裡寫詩
以為你會看見

當字像細雪
下在你車子的擋風玻璃前
你是否感到前進的阻力
當字像雨水

打在你耳垂
你是否感覺清醒
感覺誰正在想念
字是草葉
鋪滿你的路途
你是否聽到窸窣的沉吟
是我
那全都是我……

什麼都不能做
坐在這裡寫詩
讓它鋪滿你的路途
下在你的窗前

小王子的第五個星球

聖修伯里：小王子拜訪的第五個星球非常特別，它是所有行星中最小的一顆，只能容得下一盞路燈和一個點燈匠。

在微小微小
五步就繞一圈的，小王子的第五個星球
每走五步
就會遇見
站在原點的你——

「再見。」

……又見面了！

「再見。」

……又見面了！

「再見。」

……又見面了！

如果這就是「分離」的意義

我喜歡分離

辛勤不懈

像隻辛勤不懈的瓢蟲
攀爬你胸膛
你覺得癢
也覺得刺
不要壓毀

不要壓毀這渺小
讓我在你肋骨凹陷處休息一下

用一首詩

在這巨大巨大
混亂混亂的
世界上
老人被遺棄小孩被父親虐死的
世界上
「喜歡一個人」這件事太小了
太個人太享樂
不切實際
羞恥

所以當我喜歡　你
必須小聲地說
含蓄地
不要驚動這個世界那些開敞的傷痕
不要
讓痛苦的憤怒的人嫉妒
不要打擾了暫停了
街上的遊行隊伍
用極度自我反省的方式
可以潛進你心底田畝的方式
用一張寬闊的姑婆芋葉片包裹
成一件祕密
用可以折疊收好
有時又能取出默念一遍又一遍的方式

用一首詩

第二首詩

在這巨大巨大
混亂混亂的
世界上
老人被遺棄小孩被父親虐死的
世界上
「喜歡一個人」這件事太重要了
太正面、有力
太振奮
鼓舞人心

當我喜歡你
必須大聲地說
用驚醒所有冬眠動物的音量
堂而皇之
讓無愛的人知道
貧瘠的土壤聽到而長出綠色
讓遙遠冷淡的星為之撼動而
稍稍位移
寫在每根電線桿上
讓經過的人都聚集
圍觀
這件無法買賣
永遠發光的祕密
讓麻木的人再臨摹一次筆畫曲折彷如迷宮的「愛」字

回收那些貴重的眼淚
用我擅長的方式

用一首詩

珠寶盒

為什麼浪費我的心呢
像十塊錢
輕易的
丟棄在路邊

像忘在店門口的雨傘
被陌生人拿走
也無所謂

為什麼浪費我的
愛呢
謹慎把它
交到你手上
為什麼拿來炫耀拿來
跟朋友談笑

我要把它收回
放回我的
我自己的
珠寶盒裡面

已無你的倒影

一

我的心離開你
躲進山的背陽坡
無論陽光如何移動
它屬於陰影那方

二

心
淪陷月亮倒影裡
打撈一無所獲

三

鏡中的我
我的
心在鏡子裡
有時我與他鼻尖碰鼻尖冰涼且近
有時背對背互不理睬

心趁此時離開
走出鏡子

四

我的心離棄你
躲在
我也找不到的地方
看著你
瞳孔已無你的倒影

偽裝

愛情來的時候
不要太慌張
表現得很鎮定

那麼
愛情走的時候
也就可以假裝淡然
好像
沒有真的損失什麼

極限

有時
很疲憊的時候
只是想要
誰
給我一顆糖果

琥珀

我是不是
讓你傷心

你的瞳孔裡
有一顆下沉的琥珀
捧著你的臉頰
小心翼翼
小心翼翼
害怕琥珀沉到水底

曾經
你也是用水的方式愛我的

好好休息吧
在我們
各自的房間
我會點一盞燈
對夜晚的城市說明
我是醒著的
一盞鵝黃色的燈
淡得像燭光
牆上的鐘，鐘旁的桔梗，木桌，桌上寫字的筆
和我
都被包裹在燭光裡

像一顆琥珀
我知道你寧願記得這樣的我
曾經
你也是用琥珀的方式愛我的

也就是這樣

不再有你的消息了
像河水湍急捲走一片青翠的葉子
我無法挽留它
目送它消失
也就是這樣

不再有你的消息了
像雨季裡喜歡乾旱的植物
吸收太多雨水而膨脹死去

一鏟一鏟的挖開泥土
掩埋它
也就是這樣

無法再見到你了
像寄信給一位早已搬家的友人
人去樓空而我的字塞滿信箱

也就是這樣
也就是這樣
早已知道愛情滋味的我
是不該為此流淚的
讓我好好的記得你
把你雕刻在五月的雲朵上面

把你折疊在層層等待翻閱的落葉裡
風一吹
便又可以看見你了

寄居蟹

我用殼把自己包圍起來
不讓你看見赤裸的我

脆弱膽怯的我
連天氣都能影響我對自己的看法
為了旁人話語笑
或哭的我
坦露在你面前
太危險

我用殼把自己包圍起來
冷淡，驕傲，寡言
你卻以為那黑色粗糙的表面
是我的全部

輯四

沒有工具，砌一行短詩句

他們說
做一個女人
我付出太少

我看著身體女性的線條
開始一塊塊切開自己
分給
周遭等待的人
他們說我還有保留不算坦誠

但，失去那雙打字的手
我就一無所有了
沒有工具，砌一行短詩句

怎麼辦？
躲進你胸膛
世界變暗
一個暗的窄仄胸膛
是我所有
也無風也無雨
收容我的懦弱
展示給他們看
他們說，那屏蔽微不足道
但，這就是我僅有的，怎麼辦？

小詩人

你彈的是什麼歌呢
那首非常知名卻悲傷的歌曲
使我想哭（當然，我會否認）
像往常一樣聆聽
打開耳朵追蹤
遊行在空氣裡的音符
直到你彈錯鍵
一再彈錯
懊惱的結束這首歌曲

沉默的休止符
落在耳朵
我還是想起了太多事情——
想起鰲峰山石階旁蓬勃亂長的野花
想起生病的母親經常擔憂看著，稿紙上的詩句
認為那是我
精神異常的徵兆
想起最後一次和母親見面
在她的喪禮
想起你給我的愛情
想起生命中我不能負荷的太豐盛的美
太結實的痛

這是你不知道的祕密：
你叫我「小詩人」的時候
我忍耐了眼淚

落葉之夢

我羨慕雨水
滴落在你背後刺青
我的視線隨黑色墨線蜿蜒迴繞
去到了
心也迷路的地方

我羨慕穿短襪的孩童
因你對他毫無防備
不警戒也不猜測

輕鬆的
把手搭在他肩上

我羨慕陽光
能親吻你皮膚
你不嫌惡不介意
接受自己成為咖啡的顏色

我羨慕鹿角樹
因它的葉片
烙印影子在你胸膛

我羨慕風
來回經過聆聽收集

你話中祕密
而我無法前進更無所謂折返
只是靜靜地

我想靠近你
但那是一場太優渥的夢
我只能注視你而後落下
秋天最後一日
就是我的期限

撿拾無數的自己

許多痕跡拼湊出
「我」的存在——
電腦螢幕有我　乾澀疲憊的注視
門前馬路有我
日復一日的腳印
（我的去向，道路知道）
他的臉有我　早晨的一吻
已乾涸、隱形
僅我與他瞭然於心

床上散落我的髮，淡棕色細且滑
他的嗅覺知道我的香水
他的日記抄寫
我的詩句
他的耳朵留住我的話語
他的相機記住我
微笑瞬間
（而過去的就這麼過去了）

無數我的分身、碎片
散落在他心底
所以他在眾多陌生人中
認出我
愛我
想念我

握著這些碎片
從過去、前天、昨天、前一秒
奔赴前來
與我相認

秋天的筵席

信守承諾
是否是件奢侈的事
我總是沉默
說很少的話
因為我總是預備兌現它
說得太多
就無法樣樣實現了

後來我才知道
做一個沉默信守的人
早就不合時宜……

秋天的筵席
已經散了
我還坐在影子裡等著誰呢？

補習街

譬如說
在一個陽光充沛的地方
一個人們慢慢行走喜歡曬太陽和笑的地方
我就在這樣的地方等你
你不來也無所謂
我就在這裡踅來踅去
坐公園長椅
看外勞們彈吉他、蹲著聊天

買一杯珍珠奶茶
攪拌著
珍珠變成漩渦
如果沒有珍珠奶茶
這城市就不甜了
一定要冰的全糖淡淡咖啡色在我手心

在補習街踅來踅去
想起我曾花費在這裡的一年——
物理老師有物理老師的笑話
數學老師不說笑話
他只是
拋擲他的人生
說些「如果沒錢螞蟻都不理你」的結論

使我上課情緒很差
國文老師愛吃檳榔
但他的笑話好笑
午休四十分鐘
我們像逃離監獄一湧而出……
那一年
我知道了自由的意義

花費我生命中的一天
等你
如果你來
我會帶你走走看看
看這城市蜂蜜的臉
友善的太陽

若你沒來
我會記得曾經花費這樣的一天
然後我獲得了這一天以後
乃至永遠
永遠的自由

無用的人

我所擁有的
不過就是一些字
幾首
小詩
那麼如果你不識字
對你來說
我就是一個無用的人

我所擁有的
不過就是一些愛
微小的愛
試圖照亮自身所處之地
試圖照亮你
的一些微小的愛
如果你不信愛
對你來說
我就是一個無用的人

藍寶石的眼珠給你

把你嵌入心裡的我
實在很痛
時常感覺你堅硬的質地
也許你
是比我更孤單的人

慷慨的
把藍寶石的眼珠給你
安慰你的窮困

最終失去所有
變成不快樂的雕像
鉛做的心
複習你銳利的本質
試圖把你鑿出
但太牢固太深已是
自我的一部分

把你嵌入心裡的我
實在很痛
把你的尖銳當作某種鍛鍊
終將幸福或失落?
擁抱砂粒的生活
我
卻無法把它變成珍珠

成為河流

我在河上漂流
不同顏色的水流經過我——
藍色水流是夢，少女時做過的許多夢
黑色水流是夢魘，長而蜷曲如繩索纏繞身體
白色是希望，伸手想握緊，那麼明亮啊那麼美麗
綠色是意志，深濃的綠，年代久遠的樹受傷後仍然重生
灰色是眼淚，眼淚乾涸在臉上留下痕跡
紅色是命運，血液在身體裡遊蕩
白色皮膚透出血管

紅色路徑
血液
流出我的身體

還有許多水流
它們是我聽過的音樂我唱過的歌我愛的男人我認識的女人
我懷中的孩子我嚮往的人生它們是……

我在河上漂流許久，許久
直到自己也變成水
成為河流

註：寫給「莎士比亞的妹妹們的劇團」二〇〇八年劇作《給普拉斯》。

比永遠少一天

一開始是甜的蜜的好的這麼愛的
如果未來的某一天
是分手日
每相愛一天
就離分手日更近一點
後來是壞的漸弱的煩躁的互相討厭
記得那句話嗎
我愛你

像空山回音
在我心裡擴大
來回
召喚永不再來的幽靈

親愛的
我愛你
我們的承諾
比永遠少一天

虛線

穿你的上衣
像你抱我
寬大肩線疊印身上
粗糙布料有你體味

穿你的上衣
兩個身體靠近，重疊
像散步時一前一後
你的影子覆蓋我的

等待並不容易
關上的門遲未開啟
屋內時間扭曲變形
我注視時鐘的視線也累了
化成虛線
落地應聲而碎

穿你的上衣
我的孤獨並不絕對
撫摸衣袖縫線領口
醜陋的土黃色
與美麗無涉
但此夜孤獨
並不絕對

花開的速度

買一束百合
含苞的百合
遠行前夕送給你：
「再過一個禮拜，花才會開。」
你收下了
表情沒有好也沒有不好

一個禮拜後
你的室內

將綻開純度很高、很高的花香
那時你會記得
這快樂
是來自我的贈與
（是吧？會記得吧？）
和你之間
我能控制的
只有花開的速度而已

難以測量

飛魚羨慕魚鷹
有一雙真正的翅膀
多肉植物羨慕蒲公英
輕盈昂揚地飛
熱帶雨林羨慕草原
清朗天氣
我羨慕你
視線跟隨你

羨慕你的平靜
羨慕你　可以做我愛之深甚的那個人
你持續冷漠
直到我停止
圍繞你公轉

有些什麼像恆星永不變動
有些什麼隨彗星殞逝
無蹤
我的寂寞
如同一整座宇宙
曠遠
難以測量……

堅強的表演

想否認——
偶爾想到你時
還是感覺悲傷

想否認這種悲傷
最後
還是陣亡

堅強的表演
被大浪捲走
沙灘上躺著寄居蟹軀殼
我
的空殼

山嵐是否

經過你
像雨水滴穿空氣
從來不被挽留
而我有時思索的問題：「對山而言
山嵐是否
可有，亦可無的存在？」
如霧般輕……

在兩人狀態裡感覺獨自一人
在兩人狀態裡
體會了孤單
這是我離開的原因——親愛的
這就是我
離開的原因

（接下來要去哪裡？）

這樣走開
淚流滿面無所謂
把你棄置十一月蕭颯風裡
成為一張翻飛塑膠袋
一個發皺的紙屑
再踢入暴露狂出沒的公園死角或
無人撿拾屋簷頂

徹底告別……

（接下來要去哪裡？）
這樣走開
淚流滿面無所謂

好靈魂

「要乖乖的喔。」
掛電話以前
你總是這樣叮嚀

什麼是乖呢
為了你而存在？
我只知道
我有一個好靈魂
每天跑兩千公尺
熬夜不會太晚

小丑或狗

如果你喜歡貓
我剛好養貓
如果你喜歡笑臉
我是永遠的小丑
如果你喜歡長跑
我最會跑步了

如果你喜歡狗
我就是小狗……

再也無法
無限上綱地屈就
不再（為你）變成
小丑或狗
——變成石頭
無動於衷

附錄

點燃火焰

——《那些閃電指向你》三版後記

林婉瑜

閃電的初版，是在二〇一四年八月，七十五首詩中，約六十首是在二〇一二到二〇一四兩年間完成。

二〇一七年三月，我出版了第四部詩集《愛的24則運算》，收錄六十八首新作。

這幾年，詩意發生如閃電一道道抵達眼前，那些熱燙帶電的能量，是從哪裡出發的？是誰要給我訊息？它們有時從心的谷底出發，有時劈開秋天的葉隙紛沓而至，有時出發後經歷了多處折射，夾帶複雜的訊息。是召喚，也是誘惑，它說，有一些詩的可能正等我去想、去寫。太扎人刺眼的，在我安靜的生活中太閃耀炫目的，至今我已不再貪圖意識慵懶舒適的晴天，經常濕漉漉的行走雨日，既然不可能閃躲每一顆雨，索性淋個濕透在意識的泥濘中發現和行走吧，當閃電劈壞鐘塔、燒灼草地，被破壞的風景、異樣的斷壁殘垣，也就是詩可能發生的地方。

初版的書末附錄，收錄了梓評和我的問答，與五則短評。問答中，梓評提問：「你的詩歌語言，幾乎從第一本詩集起就已成型，不曾經歷太多曖昧摸索，愈見成熟但不歪變……」沒有給人太多曖昧摸索的感受，也許是想迴避某種黏膩的堆砌式的說法，語言可以製造詩意，情境也可以製造詩意，我一直覺得這兩者都是重要的，每首詩都是不同的製作，書寫時，嘗試各種抵達詩的方法、變化敘述途徑，仔細衡量說些什麼和不說什麼……，這個過程對我來說很有樂趣。給梓評的答覆中我說：「期待詩的語言剛好讓人體察到『意』，這個『意』字也許可解釋為創意、意念。」這裡提到的創意、意念，顯然不是「可以吃飯了嗎現在好餓」或「縣府文化處從去年十二月起進行環境整修」的尋常語意，而是「幾乎要躺在風的背面一起旅行」、「有一顆雨前世是海水」……設計過的、思考和重構過的語意。

在創作者的視野中，恆常存在著語詞、世界、人，這三者的關係。

初版附錄中的短評提到：創作者經常表現出身無長物仍要傾盡所有的態度，

乞求最終得以靠岸一個堅實的什麼……。我想，這種敞開、坦露的姿態，大概就是交出自己，去追蹤生命裡值得相信、值得信靠的一些美好品質吧。

初版的書末附錄，三版並沒有附上，擁有初版詩集的讀者，自然已經讀到了當時附錄中的種種言說，在二〇一八年的此時，三版收錄了現在、此刻對詩集的種種言說，沒有新舊、好壞的差別，只是呈現觀看一本詩集的不同眼光，七十五首詩的內容，大部分和初版相同，少數幾篇做了一些文字細節的調整。

我們生活在一個規範的世界，我們平時習得的價值、使用的語詞，是一種普遍、多數的認識。詩要告訴大家，其實不是這麼理所當然，所以我們經常看到，詩試著達到一些大的目的，譬如創造，或深化，或顛覆。

我一直感覺，經歷詩，就像經歷成長。

我們認識語字，一開始是去學習正確的語言邏輯，熟悉後，再用瓦解、重構語言的方式（同時也用有創意的逆反日常生活邏輯的方式）去創作。

成長也是這樣，一開始，我們學習規範，學習怎麼和多數的群眾一致，而到了後來，我們知道自己獨特，想表現獨特，想把「要求所有人一致」的壓力和眼光戳破一個大洞。

經歷詩，就像經歷成長。

詩的創造，或深化，或顛覆，其實也是對自我的創造，和深化，和顛覆。

在二十歲左右、寫作的最初，我曾經害怕創作的孤獨，可是後來，慢慢習慣了這樣的孤獨，甚至變得不喜歡被打擾被介入了。有些事物，只有在孤獨中才可以完成。

曾經經歷過的，芒刺在背的痛苦，完整和破碎，期待和失落，渴求而不可得的愛……，都是生命的柴薪。點燃火焰，緩慢燃燒靈魂，會有一點痛，但是沒關係，就和雨日的閃電一起，成為黑夜裡瞬間的光亮。

雷雨交加的詩意

柯裕棻

林婉瑜的詩走清亮透明一路，詩意閃爍於她目光所及之處，像或濃或淡的日影。但她寫起愛情卻時時召喚風雨雷電——如同經常暴雨的島上日常，片雲頃刻致雨，情愛和詩意來得凌厲猛烈也是自然的事。

本來閃電和雷雨如同天譴，除了濃烈凶悍、倏忽難測之外，或有責罰的意味。閃電指向誰，迅雷擊落何處，均是報應或無常，是諸神旨意。林婉瑜的《那些閃電指向你》使愛情也如閃電，既是命定也是放閃，閃光閃瞎人。風雨雷電成為炫目的隱喻，愛情的去向正是目無法紀的放閃，情意所指迅疾難當，風馳電掣，所以她寫：「那些閃電指向你／星星最明亮的一面向你／瘋狂的雷聲指向你／／怎能期待一座城市有雨／有烏雲／同時又有星？」又或者，「下雨天寫／簡短的情詩／它們是清晰銀白閃電／一道一道出發——／／一首摧毀發呆的行道樹／一首／誤觸廢棄鐘塔／幸好有一首順利抵達／你的額間」。

林婉瑜寫詩不受限於特定形式，極力從新的意象和概念寫大自然與日常。一個女子的愛在日常是微物之神。捧花，塑膠瓶，夜市的魚，五月的雲，十一月的風，百合與細雪，平凡處她說要有詩，就有了詩的火花。一個女子也內蘊強大的顛覆與復生之力，林婉瑜揮灑地使用陰性隱喻，不刻意堆砌，於是便有無堅不摧的柔婉與真誠，輕易翻轉原本強大的陽剛符號。愛情可以是雷雨交加的午後風暴，她不擊襲，她銘刻情感於愛人的額間。她在雨中行車左閃右躲，為避免惡念擊中，只因她懷中有日光。寫雨水的轉世，重重地摔碎了，回到天上，想起了傘的弧度與無心經過的風。或者，花費一天等待失約的人，花費了這一天，就獲得永遠的自由。這是不被符號拘限，聰明又不做作，隨意呼風喚雨的女子。

詩集裡的輯一與輯二尤其深刻覺察自然與女子日常的關係，微密氤氳像人世的雲圖，東隅桑榆，吉凶難料。雖有天光煦美，好日總是間雜驟雨。如若一名女子在尋常細瑣午後的窗前，驀地想起愛情，徹天的雷鼓和耀目的閃電便倏然指向所愛。

原刊載於二〇一四年十二月三日《自由時報副刊》

當我們討論愛情

楊瀅靜

有一種類型的電影，導演試圖用語言討論愛情，比方《愛在黎明破曉時》的伊森．霍克與茱莉．蝶兒在一列前往巴黎的火車上相遇，短暫相處之後決定在維也納共度一天。在這一天當中，只是不斷散步伴隨無休止的一來一往的對談，溝通了彼此對於各種事物的看法，藉由談話相互交心，徹底的「談」了一場戀愛。瑞蒙．卡佛在〈新手〉（Beginners）這篇小說，讓兩對夫妻在廚房餐桌旁喝著琴酒，閒聊彼此的前任情人與現在伴侶、各式不同類型的情感關係，男主角之一賀伯最後發出這樣的喟嘆：「當我們聊到愛情，還以為我們真的很懂自己在說些什麼。」這類型的創作，對話幾乎是主體，構成了近乎哲理的愛情戲，當主角討論愛情時，觀眾是否真能懂得箇中真諦？或者其實是迷霧中的某種誤讀？

當我翻閱《那些閃電指向你》這本描繪愛和愛情的詩集，卻不感到自己身處迷霧，反而有一種撥雲見日的鋒利純粹之感，一方面，因為這本詩集裡的語言態度和林婉瑜的其他詩集比較起來，是較為傾向直覺的，同時，語句的律動和節奏，有令讀者琅琅上口的魔力。另一方面《那些閃電指向你》的語言技巧，也不同於林婉瑜的其他詩集，若熟讀她的詩的讀者，必定能看出詩人求新求變的嘗試，她有自覺的在每一部詩集裡，去做出有別以往的表現，因此她至今出版的幾部詩集，每部詩集所帶來的語言感受、技法風格，並不相同。在《那些閃電指向你》中，關於愛情這個題材，林婉瑜既提供語言又提供情境，就不容易讓讀者陷入混淆之中。我會將「情境」理解為「戲劇性」，我認為這是林婉瑜的重要特色之一。她的某些詩像是一個小型獨幕劇，她用詩告訴我們一個故事，短而精鍊的文字，卻同時展現出小說情節般的設計和轉折。比方她告訴我們分手的場景到處都可能發生，可能在動物園，可能在噴水池，甚至可以在自強號車廂上，但在不同的地方分手可能會有不同的結果。如〈動物園分手短劇〉，在所有生命都竭盡所能去企求愛情的春天，失戀就顯得不合時宜，要分手的話語就直接嚥下去吧！但在噴水池旁卻可以順利分手，不能接受的結果最後也得接受：「在水霧築起的小型彩虹中／目睹你／步出草地」（〈噴水池旁的分手短劇〉）。而〈自強號車廂分手短劇〉中的分手是一場鬧劇，最富戲劇性：「沒錯我就是你要糾舉的／那個／騙子／沒有票／卻硬擠進車廂／／找到我／打我手心吧！／把我推落平交道／說我不配／沒有／愛的資格」。以「分手」為主題的詩作，竟能衍生出三幕不同的情境劇，詩人彷彿現場轉播般的臨場感結合小說的情節，發展出獨特風格的作品。

有些詩是詩人有意營造的戲劇情境，而有些詩一開始詩人先刻意布置各種小情境，引導讀者進入她一手打造的氛圍，往往要等到讀完整首後，才發現那些小的情境其實別有用意，都是環環相扣的螺絲釘，為了建構出整體的詩境。如〈就是那時候〉的開頭：「不要在我很疲憊的時候／不要在我沮喪的時候／不要在我憤怒的時候／不要在我墜落的時候……」詩人羅列各種負面的時刻，先告訴我們不是「那些時候」，刪去法展開的同時，詩人的故意不說反而增強了懸念，引發讀者好奇的思考，直到最後一刻詩人才揭曉：「那時悲傷的故事已經說完／最後一片雪已落下來／憂愁的歌沉默／閃電撤退了／雷聲沙啞了／烏雲識趣地飄走／就是那時候／就是那時候／我們可以相愛了」，原來「那時候」指的是可以相愛的時刻。再談談另一首詩〈一個多情的好人〉，林婉瑜先營造了一個深夜中的魔幻場景：「沒有我的觀看／今晚的夜色該怎麼辦？／／沒有我的詩／在路口等待的鵪鶉該怎麼辦？／／沒有我的愛／他該怎麼辦？」以三個情況傳達出一種不完整的心情，整個世界似乎因為「我」的缺席，跟著有所缺憾了，正當這個時候，詩人卻又說：「快要天亮了鵪鶉飛走了他跑去睡覺了／全世界只剩下我／一個多情的好人」，讀者恍然大悟，原來詩中的「我」對任何對象而言，都不是不可或缺的，詩末，情緒堆疊至滿溢，產生的失落感和落差更強烈。林婉瑜的詩，情境是漸進式的，她不必刻意說服，她要讓讀者自然而然循序而行的，進入她文字所編織的網羅之中，這是她的匠心獨具之處，讀她的詩成為一種享受。

林婉瑜從自然之中觀察與提煉，將自然界本有的現象，都借來成為詩意的利器，詩人談笑用兵之間，情感以及情境就重新被詮釋出來。在這部詩集裡，有時閃電代表的是明亮無比的愛情：「瞬間的愛情感覺／像稍縱即逝的閃電」（〈瞬間的愛情感覺〉）。而在另一首詩，閃電卻是愛情路上最大的阻礙，危險至極：「那些閃電指向你／星星最明亮的一面向你／瘋狂的雷聲指向你／／怎能期待一座城市有雨／有烏雲／同時又有星？／／積水的路面上／開車像划船／顯然安全島並不是岸／整個夏天最乾淨的一刻／艱難的一刻／持續前進／知道雨日的星星／藏在你手中」，星星成為愛情的象徵，通往你的道路上，雷電暴雨許多艱難，但仍要持續前進，因為在雨日中消失不見的星，被緊緊握在你的手裡。而在〈避雷〉這首詩，閃電打雷代表了宇宙派遣出的惡劣念頭，隨時都有可能擊中詩中的「我」，但「我」仍不斷前進，想將「懷中日光」帶給你，在這裡，象徵美好的是「懷中日光」，在〈那些閃電指向你〉詩中，美好的象徵則是「雨日中消失了的星」，閃電的光與星光、日光，恰恰是截然不同的自然意象，詩人在多首詩中選擇「閃電」，應是相中閃電的豐沛能量，雷與電與雨是接連發生的現象，選用閃電的意象，其實也是借用大自然的力量。

每個人都渴望愛，希望被理解以及被安慰，而這些你可以在林婉瑜的詩裡得到。女性創作者的力量如水，是藍色的河流、白色的乳汁、黑色的墨水，默默展現滋潤與創生的力量，林婉瑜的創造能力是令人欣羡的，她已經挖掘自己到很深的地方，有時「閃電」又可以解釋成創作者的靈光及詩意，如書中〈閃電〉這首短詩：「下雨天寫／簡短的情詩／它們是清晰銀白閃電／一道一道出發——／

／一首摧毀發呆的行道樹／一首／誤觸廢棄鐘塔／幸好有一首順利抵達／你的額間」，在那些閃電指向你時，你只需領受，便能感受到詩中蘊含的情意、創意及力量。

年代序

二〇〇二年

醒時需要愛你

雪降

二〇〇七年

一筆一畫

當我想及愛情

二〇〇八年

成為河流

二〇〇九年

落葉之夢

天牛

荒謬

泳

二〇一〇年

已無你的倒影

虛線

二〇一一年

避雷

雨的身世

我想浪費

二〇一二年

辛勤不懈

我決定愛你

二〇一三年

二〇一四年

不是約好
世界的孩子
一個多情的好人
你的名字
就是那時候
相遇的時候
瞬間的愛情感覺